Un sac de billes

FichesdeLecture.com

Un Sac De Billes
(Fiche de lecture)

I. BIOGRAPHIE DE JOSEPH JOFFO

Joseph Joffo naît à Paris en 1931 dans le XVIIe, où son père exploitait un salon de coiffure. Après avoir obtenu son certificat d'études et fréquenté l'école communale, il deviendra coiffeur, tout comme son père auparavant et ses frères.

Joseph Joffo ne découvre son talent d'écrivain qu'en 1971 lorsque, immobilisé des suites d'un grave accident de ski, il commence à mettre sur papier ses souvenirs d'enfance (Un sac de billes) Celui qu'il possède, Joffo le découvre en 1971 lorsque, immobilisé par un accident de ski, il s'amuse à mettre sur le papier ses souvenirs d'enfance : ce sera "Un sac de billes". Un livre plein de finesse et de descriptions précises et touchantes, qui offrent au livre un certain suspense, un train excitant, voire humouristique... De plus les dialogues sont à peu de choses près authentiques et c'est pour cela qu'ils sont si passionnants et intéressants.

II. RÉSUMÉ (COURT) DE "UN SAC DE BILLES" DE JOFFO

En 1941, Paris est sous occupation allemande et les nazis obligent les juifs à porter l'étoile jaune. Le racisme qui découle de cette mesure ne laissait aucune autre possibilité aux jeunes frères Joffo (dont les parents tenaient un salon de coiffure) que la fuite... ils n'ont en effet point d'autre solution fiable. Maurice et Joseph, tous deux âgés de respectivement douze et dix ans, partent donc, fuyant la menace allemande, rejoindre leurs frères aînés Henri et Albert qui habitent déjà Menton. Les parents suivront plus tard.

Les deux gamins ont donc à franchir la ligne de démarcation sans papiers,... De Menton où ils ne peuvent pas rester, leur itinéraire les conduit à Nice où ils subissent un interrogatoire allemand à l'hôtel Excelsior, à Montluçon, à Aix-les-Bains et à "R"... s'en suit toutes une série d'aventures et de luttes avec l'occupant et ses collabos.

III. THÈMES ABORDÉS DANS "UN SAC DE BILLES" DE JOFFO

Le personnage principal du livre nous est présenté dès la première page du livre, mais cependant, l'auteur ne le dévoile qu'au fur et à mesure de la lecture du livre. Cela rend le lecteur curieux et avide de savoir, ce qui bien sur maintient le suspense tout au long du livre. Dès le début, le lecteur est plongé au coeur même de la vie et de l'histoire du jeune Joseph Joffo, tout commence avec une situation ordinaire, avec un épisode qui n'a nulle importance. Pourtant, tout comme chaque autre épisode, il a son importance et il sert par exemple à décrire un peu les alentours et permet de présenter chacun des acteurs.

L'histoire est aussi rendue plus réaliste par le fait que Joseph Joffo raconte sa propre vie (dans ce livre, strictement son enfance), mais aussi parce qu'il la raconte au présent et à la première personne du singulier.

Outre cela, dans le livre, Joffo nous offre son impression sur l'occupation allemande telle qu'il l'a vécue. Joseph ne savait pas ce qu'il signifiait d'être juif ; c'est pourquoi il a demandé à son père mais celui-ci ne pouvait pas donner de réponse instructive. Ils ont donc dû fuir sans en savoir vraiment la raison. "J'avais la même couleur que les autres, la même tête, j'avais entendu parler de religions différentes et on m'avait appris à l'école que des gens s'étaient battus autrefois pour cela, mais moi je n'avais pas de religion, le jeudi j'allais même au patronage avec d'autres gosses du quartier, on faisait du basket derrière l'église [...] Alors, où était la différence ?" (p. 26)

On irait presque jusqu'à dire que Joseph agit à la légère, tel un enfant naïf et sans vrais soucis... car il sait rester calme, lui qui n'est rien d'autre qu'un enfant innocent de dix ans. Il avait sans doute compris qu'il valait toujours mieux pour lui ne pas s'affoler.

Dans ses paroles on remarque cependant que la guerre l'a marqué, elle l'a obligé à devenir un adulte..."Grandi, durci, changé [...] L'enfant que j'étais il y a dix-huit mois, [...] je sais qu'il n'est plus le même que celui d'aujourd'hui. [...] Ils me volent mon enfance, ils ont tué en moi l'enfant que je pouvais être... Peut-être suis-je déjà trop dur, trop méchant, quand ils ont arrêté papa, je n'ai même pas pleuré. Il y un an, je n'en aurais même pas supporté l'idée." (p. 198)

Ce sont les paroles d'un enfant de douze ans ! Mais il existe aussi des aspects positifs : Joseph a appris ou a dû apprendre à prendre la chose du bon côté. Il a toujours fait le mieux possible dans tous les cas. Mais il garde toujours son esprit d'enfant (comme à Marseille lorsqu'ils vont au cinéma). De plus, la guerre lui a fait s'habituer à des situations difficiles et à prévoir les dangers possibles. Ne sachant jamais de quoi demain serait fait, il a pris la vie avec un brin de légèreté !

Dans le livre, les temps et les espaces ne sont pas toujours très bien définis, en effet leur fuite les obligeant à changer constamment d'endroit. Mais cela n'est qu'un infime détail. Mais il ne faut pas oublier que Joffo peut aussi utiliser ce moyen stylistique pour que le lecteur ne s'ennuie pas à cause de la répétition successive de plusieurs actes, mais n'oublions pas non plus que le livre n'a été écrit que 30 ans après...

Bizarrement, en lisant ce livre, on peut remarquer qu'au lieu de nous apporter la peur, il nous apporte comme un cri d'espoir et d'amour à travers toute cette affreuse histoire qu'est la guerre. Car Joffo n'a jamais condamné les nazis et n'a jamais dit qu'il les haït. Ni même les collabos, il a su rester objectif face à ce qu'il écrivait ! Ce qui est assez exceptionnel pour un homme comme lui qui a tant souffert de la guerre.

IV. RÉSUMÉ (LONG) DE "UN SAC DE BILLES" DE JOFFO

Paris en 1941 : La France est occupée par les Allemands. Dans la ville, le père Joffo qui est juif exploite un salon de coiffure. Un jour, les deux enfants doivent porter l'étoile jaune avec l'inscription "Juif". A l'école, un copain de Joseph et les autres se moquent de Joseph et Maurice et pendant la récréation, ils se battent avec quelques camarades. Joseph fait un échange avec un copain : L'étoile jaune contre un sac de billes. Après l'école, ils rentrent à la maison.

L'après-midi ils ont libre et le soir, leur père leur raconte l'histoire de sa vie. Lorsqu'il était petit, il a habitait en Russie où le tsar régnait. Il a envoyé les émissaires qui ramassaient des petits garçons et les emmenaient dans des camps où ils étaient soldats. Il n'a pas voulu être soldat et il a quitté son chez-soi et devait gagner sa vie. Il est arrivé à Paris où il s'est installé. Leur mère a eu un peu la même histoire. Il a réussi à ouvrir le salon et de gagner de l'argent, mais maintenant c'est aux fils de partir. Ils doivent s'enfuir à Menton en zone libre où leurs frères Henri et Albert vivent dès le début de l'année. Lui-même et la mère doivent encore régler quelques affaires et après, ils vont partir aussi. Le père leur donne l'ordre de contester qu'ils soient juifs.

Les deux prennent l'argent et partent à la gare d'Austerlitz. Ils s'y achètent deux allers en 3e classe pour Dax. Ils ont des problèmes à trouver des places assises parce que le train est déjà occupé. Ils réussissent à s'installer et peu après, le train part.

Dans le train, ils rencontrent un prêtre qui les aide à Dax de passer le contrôle des documents parce qu'ils n'ont pas de papiers. Le curé les invite à déjeuner avec lui et après, les deux garçons le remercient et prennent le car à Hagetmau. Ils y mangent dans un café-restaurant et apprennent qu'il y a des passeurs qui montrent le chemin à la zone libre, mais qu'ils travaillent seulement la nuit. Alors, Maurice et Joseph décident d'essayer de passer le même soir et ils trouvent un garçon qui leur aide à passer. Pour cela, il leur faut de dépenser tout leur argent.

Dans une ferme en zone libre, ils trouvent un abri et se cachent pour s'endormir. Joseph s'endort très vite, mais pas longtemps. Il remarque que son frère n'est plus là. Au début, il pense que son frère est allé pisser, mais quand il ne revient pas, Joseph se fait des soucis et il craint que ce soit les Allemands ou des voleurs. Mais il trouve un papier et dans la lumière de la lune, il lit : "Je vais revenir, ne dis rien à personne. M." Il se sent soulagé maintenant et en tournant la tête il voit d'autres qui dorment, mais nombreux cette fois. Tout à coup, Maurice surgit et explique ce qu'il a fait pendant son absence : il a repassé huit fois la ligne, ramené quarante personnes et gagné vingt mille francs. Joseph a des scrupules parce que son frère a demandé de l'argent, mais finalement, il comprend qu'ils ont besoin de cet argent. Ils décident de reprendre le train à Aire-sur-l'Adour et ils se mettent en route. Après quelques kilomètres, ils s'assoient parce que Maurice est fatigué et doit dormir et parce que Joseph a une ampoule au pied. Quelques minutes après, une calèche s'approche des garçons et Joseph demande si l'homme va à Aire-sur-l'Adour par hasard. L'homme répond que oui et Joseph demande si l'homme peut emmener son frère et lui. L'homme est d'accord et après avoir réveillé Maurice, ils montent dans la calèche. Pendant leur voyage, l'homme parle beaucoup et les frères l'écoutent. En outre, il ne néglige pas à se présenter : c'est le comte de V. Pour remercier les garçons qui l'ont écouté, il les conduit jusqu'à la place de la gare d'Aire-sur-l'Adour où leurs chemins se séparent. Joseph et Maurice prennent le train et après un long voyage, ils arrivent à Marseille. Parce que le train à midi est supprimé, ils prennent le train du soir et profitent du temps libre pour regarder la mer dont ils sont fascinés. Ils prennent un bateau et arrivent dans les quartiers sales et pauvres. Les deux y rencontrent des enfants indigènes dont ils sont mis en colère. Mais ils peuvent s'enfuir et courent aussi vite qu'ils peuvent. Une horloge sonne dix heures et les deux s'effraient : ils ont oublié qu'ils voulaient aller au cinéma qui commence à dix heures ! Après quelques minutes, ils sont devant le cinéma où le film "Les Aventures du Baron de Munchhausen" passe. Le film est très bon et ils le voient trois fois à la file. Ensuite, ils vont à la mer où ils laissent le jour terminer.

A la gare, Joseph va aux toilettes et quand il veut retourner vers son frère, il est accosté par deux gendarmes. Il ment que son père s'occupe des valises et qu'il est propriétaire du cinéma. Il réussit que les gendarmes le laissent passer et il se dirige vers son père présumé, toujours encore surveillé par les yeux des gendarmes. Maurice voit cette scène et il comprend que Joseph a un petit problème. Joseph demande à son père présumé l'heure qui à l'air surpris parce qu'à la station, il y a une grande horloge. L'homme lui dit de la lire et quelques instants après, les gendarmes leur tournent le dos et Joseph peut rejoindre Maurice. Mais dans la gare il y a plein de contrôles et plein de gens sont arrêtés. Joseph et Maurice sont en train de réfléchir ce qu'ils doivent faire quand le haut-parleur annonce l'arrivée de leur train. Ils se mêlent au rush et grimpent le train. Heureusement, il n'y a aucun contrôle au train et leur dernière étape commence.

Après un temps très long, ils arrivent enfin à Menton et rencontrent leurs frères qui y travaillent comme coiffeurs. C'est Henri, l'aîné, qu'ils rencontrent d'abord. Il les amène chez lui et les trois font la surprise à Albert. Puis, ils racontent leurs aventures et le soir, ils font une fête, mais avant Maurice et Joseph doivent faire les commissions. Sur leur chemin de retour, ils vont à la plage où ils jouent et font ce qu'un enfant de leur âge fait : ils courent, dansent, crient et expriment leur joie d'avoir retrouvé la liberté. A la maison, ils préparent la fête avec Albert et quand Henri arrive, ils commencent à fêter. Après quelques temps, Joseph s'endort sur la table et dort 17 heures d'un coup. Les jours suivants, Maurice et Joseph explorent le quartier et vont à la plage. Un soir, Maurice propose à Joseph d'essayer de gagner un peu d'argent pour aider leurs frères. Pour eux, travailler c'est un jeu suprême, plus intéressant au fond que jouer à la plage.

Joseph qui a fait copain avec Virgilio, un Mentonnais de son âge, apprend de lui qu'il travaille dans une ferme à la montagne les vacances. Joseph va voir Maurice, fier de son projet, mais quand il rencontre Maurice, il apprend qu'il travaille chez le boulanger et qu'il l'a devancé. Le lendemain, Joseph prend le car à Sainte-Agnès et se met en route vers la ferme. Après être arrivé à la ferme, il frappe à la porte et rencontre Mme Viale. Cette femme l'étonne parce qu'elle ne convient pas à la vie campagnarde. Elle a appartenu à la grande société parisienne et a appris beaucoup de sports et beaucoup de la littérature. Mais une maladie l'a forcée à partir à Menton dans un sanatorium. Pendant une promenade, elle rencontre M. Viale et trois mois après ils se sont mariés.

Joseph peut rester, mais son travail essentiel est d'écouter parler la maîtresse de maison. Il reste plus de dix jours à la ferme et un soir, il reçoit la permission de descendre en ville pour voir ses frères. En partant il se retourne vers la ferme et il sait qu'il ne reverra jamais M. et Mme Viale.

Il rentre à la maison et rencontre ses frères. Henri porte un costume et près de lui, il y a une valise. Joseph apprend que ses parents ont été arrêtés à Dax et qu'Henri y va pour tenter de les libérer. Il apprend aussi que son frère Maurice et lui doivent aller à l'école où ils sont inscrits le même jour. Les jours passent sans qu'ils aient de nouvelles d'Henri. Un soir, il revient et raconte ce qu'il a fait pour libérer leurs parents : Avec une histoire inventée et d'un coup de téléphone chez le colonel, il a libéré les parents qui sont maintenant à Nice. Dans une lettre, le père leur demande d'avoir de la patience pour un ou deux mois jusqu'à ce que la famille puisse se réunir. Pour Joseph et Maurice les jours passent comme toujours, mais un soir deux gendarmes viennent et engagent Henri et Albert à se présenter à la préfecture avant deux jours pour le "Service de Travail Obligatoire". C'est le signe pour les quatre frères de partir à Nice.

A Nice, Joseph et Maurice font des échanges pendant leurs vacances. Ils échangent pour leurs amis italiens presque tous et gagnent un peu d'argent. Le 8 novembre, ils fêtent l'anniversaire de la mère et le soir, le père écoute à la radio que les Alliés ont débarqué en Afrique du Nord, en Algérie et au Maroc. A partir de ce soir-là, Joseph marque dans un planisphère fixé au mur les villes nouvellement conquises. Presqu'un an après, Joseph apprend que les Italiens rentrent et que les Allemands viennent. Le 8 septembre, les Italiens partent et deux jours après, les Allemands sont là : La France est occupée complètement.

Maintenant, la famille se fait du souci quand un membre est en retard. Peu à peu ils apprennent que "rester ici, c'est prendre un billet pour l'Allemagne". Alors, il faut s'enfuir encore une fois : Henri et Albert partent pour Aix-les-Bains où le père connaît quelqu'un qui va les cacher. Joseph et Maurice doivent aller à Golfe-Juan dans un camp qui s'appelle "Moisson Nouvelle". Les parents restent à Nice. Le lendemain, Joseph et Maurice vont au camp où ils rencontrent un directeur très gentil. Il les accueille et leur donne le choix de rester à l'intérieur et de s'occuper de la cuisine ou du nettoyage ou de travailler à Vallauris dans un atelier de poterie. Les deux choissent la poterie, mais ils doivent constater qu'ils n'y sont pas bons. Alors, ils travaillent à la cuisine ce qui leur plaît.

Dans la tente, ils font connaissance avec Ange, un jeune garçon algérien qui y passe ses vacances. Joseph et Maurice apprennent que la guerre continue et que les Allemands ont intensifié la chasse aux Juifs. Alors, pour sauver leurs vies, ils acceptent l'histoire d'Ange au cas où les Allemands viendraient au camp. Mais le soir, Joseph doute que leur plan puisse marcher parce que le directeur a leurs papiers, mais Maurice veut lui en parler en sachant qu'il les aide.

Un jour, Ferdinand, l'intendant du centre leur demande de l'accompagner à Nice et les deux y consentent. A Nice, Ferdinand veut joindre un ami et disparaît dans une maison. Quand il ne revient pas, Maurice entre dans la maison pour le retrouver, mais maintenant c'est Maurice qui ne revient pas. Alors, Joseph le suit et dans l'escalier, il est surpris par un soldat. Dans une chambre, il rencontre Maurice et Ferdinand et deux femmes. Ferdinand leur explique qu'il y avait un centre de résistance qui fournissait des faux papiers et qui aidait les gens de passer en Espagne. Lui-même est juif et il a peur d'être découvert par les Allemands. Pendant les heures qu'ils doivent attendre, Joseph s'inquiète de la guerre et pourquoi il est arrêté bien qu'il n'ait rien fait et bien qu'il ne connaisse aucun Allemand. Ils sont amenés à l'hôtel Excelsior, le siège de la Gestapo niçoise.

Ils doivent y attendre de nouveau. Les deux femmes sont interrogées en premier lieu, après c'est à Joseph, Maurice et Ferdinand. Ferdinand nie d'abord d'être juif, mais après être battu par un SS il avoue qu'il est juif et il reçoit un ticket vert ce qui signifie qu'il est déporté dans un camp allemand. Puis, les deux frères sont interrogés et ils racontent l'histoire qu'ils ont déjà inventée au camp. Le SS les envoie au docteur qui examine leur sexe et voit qu'ils sont juifs. Mais les deux nient toujours d'être juifs et finalement, le docteur les aide et sauve leurs vies. Ils restent à l'hôtel plusieurs semaines quand Maurice doit ramener des certificats de communion comme preuve. Il a seulement 48 heures et il réussit à trouver un curé qui fait les certificats. Avec l'aide du curé, Maurice et Joseph peuvent quitter l'hôtel après plus d'un mois d'arrestation. Ils rentrent au camp et continuent à vivre en liberté. Mais ils doivent reprendre la route parce que leur père est arrêté et conduit à l'hôtel Excelsior. Alors, les deux prennent le train à Cannes pour Montluçon où ils prennent le car à Ainay-le-Vieil où leur sœur Rosette habite avec son mari. Mail ils ne peuvent pas y rester parce qu'il y a un dénonciateur en ville. Alors, le lendemain ils prennent la route à Aix-les-Bains où ils retrouvent Henri et Albert.

Joseph va à R. où il trouve un patron et où il fait des échanges pour gagner un peu d'argent. Il tombe amoureux de Françoise, la fille du patron. Le 8 juillet 1944, Maurice réveille Joseph en envoyant des belles nouvelles : les Allemands sont partis. Quand il apprend que Paris est libéré, Joseph prend ses biens et se met en route à Paris. En chemin, il est arrêté par des résistants français, mais le colonel le laisse aller. Alors, il prend le train et va à Paris. Au salon, il aperçoit Albert, Henri et sa mère. Son père n'est pas là et il sait tout de suite qu'il ne le verra plus. Quelques jours après Maurice vient aussi.

Avis personnel sur "Un sac de billes" de Joffo

Les conflits récents, notamment quand ils possèdent des caractères de guerres civiles, de guerres ethniques ou de guerre totale, impliquent de plus en plus des enfants. Ces derniers constituent des victimes directes ou indirectes, des cibles, parfois des combattants. Les enfants deviennent des otages de guerres qui leur échappent. Ils perdent leur famille, sont tués, sont victimes d'une violence aveugle (snipers en Bosnie, mines anti-personnelles), fuient, deviennent réfugiés, se cachent ou plus simplement essaient de survivre ou de vivre dans un environnement bouleversé et hostile.

Les enfants ont écrit et on a écrit sur eux. Le journal d'Anne Franck ou celui de Zlata témoignent au quotidien de la guerre. Les souvenirs d'enfance (Ilse Koeln, Esther Hautzig, …) constituent une autre forme de témoignage, souvent plus écrite. Parfois ces souvenirs prennent la forme d'une oeuvre littéraire (Un sac de billes, J'avais deux camarades, …).

Cet ouvrage est vital dans la littérature française car il sert de mémoire fasse à la terreur que l'homme a pu répandre ! De plus ce livre est particulièrement envoûtant et on peut vivre l'action en même temps que le personnage. L'auteur a essayé de raconter ses sentiments et ce livre est très bien construit. En effet, il est à la fois émouvant et fort, l'angoisse se trouve dans tout le récit, Joseph Joffo écrit de façon humoristique et il nous communique des détails intéressants sur la situation des juifs persécutés par les Allemands... Il nous sert de mémoire et même s'il dit ne pas avoir agi en tant qu'historien, il a su faire preuve d'objectivité !

Dans la même collection en numérique

Les Misérables
Le messager d'Athènes
Candide
L'Etranger
Rhinocéros
Antigone
Le père Goriot
La Peste
Balzac et la petite tailleuse chinoise
Le Roi Arthur
L'Avare
Pierre et Jean
L'Homme qui a séduit le soleil
Alcools
L'Affaire Caïus
La gloire de mon père
L'Ordinatueur
Le médecin malgré lui
La rivière à l'envers - Tomek
Le Journal d'Anne Frank
Le monde perdu
Le royaume de Kensuké
Un Sac De Billes
Baby-sitter blues
Le fantôme de maître Guillemin
Trois contes
Kamo, l'agence Babel
Le Garçon en pyjama rayé
Les Contemplations

Escadrille 80

Inconnu à cette adresse

La controverse de Valladolid

Les Vilains petits canards

Une partie de campagne

Cahier d'un retour au pays natal

Dora Bruder

L'Enfant et la rivière

Moderato Cantabile

Alice au pays des merveilles

Le faucon déniché

Une vie

Chronique des Indiens Guayaki

Je voudrais que quelqu'un m'attende quelque part

La nuit de Valognes

Œdipe

Disparition Programmée

Education européenne

L'auberge rouge

L'Illiade

Le voyage de Monsieur Perrichon

Lucrèce Borgia

Paul et Virginie

Ursule Mirouët

Discours sur les fondements de l'inégalité

L'adversaire

La petite Fadette

La prochaine fois

Le blé en herbe

Le Mystère de la Chambre Jaune

Les Hauts des Hurlevent

Les perses

Mondo et autres histoires

Vingt mille lieues sous les mers

99 francs

Arria Marcella

Chante Luna

Emile, ou de l'éducation
Histoires extraordinaires
L'homme invisible
La bibliothécaire
La cicatrice
La croix des pauvres
La fille du capitaine
Le Crime de l'Orient-Express
Le Faucon malté
Le hussard sur le toit
Le Livre dont vous êtes la victime
Les cinq écus de Bretagne
No pasarán, le jeu
Quand j'avais cinq ans je m'ai tué
Si tu veux être mon amie
Tristan et Iseult
Une bouteille dans la mer de Gaza
Cent ans de solitude
Contes à l'envers
Contes et nouvelles en vers
Dalva
Jean de Florette
L'homme qui voulait être heureux
L'île mystérieuse
La Dame aux camélias
La petite sirène
La planète des singes
La Religieuse

À propos de la collection

La série FichesdeLecture.com offre des contenus éducatifs aux étudiants et aux professeurs tels que : des résumés, des analyses littéraires, des questionnaires et des commentaires sur la littérature moderne et classique. Nos documents sont prévus comme des compléments à la lecture des oeuvres originales et aide les étudiants à comprendre la littérature.

Fondé en 2001, notre site FichesdeLectures.com s'est développé très rapidement et propose désormais plus de 2500 documents directement téléchargeables en ligne, devenant ainsi le premier site d'analyses littéraires en ligne de langue française.

FichesdeLecture est partenaire du Ministère de l'Education du Luxembourg depuis 2009.

Plus d'informations sur www.fichesdelecture.com

ISBN: 978-2-511-02953-4

Notes :